柿本香苗　詩集

ペンを持つと
ボクね

ペンを持つと　ボクね　目次

Ⅰ

Ⅱ

Ⅲ

ペンを持つと
ボクね

挿画　川上裕己

I

みかんかんかん

デコポンポンポン　たんこぶポン
いよかんかんかん　おひさまみかん
ぶんたんたんたん　いいちょうし
はっさくさくさく　はなさくこころ

ころんころんと　にぎやかに
きたかぜ　ふゆぞら　ふきとばせ
みかんのなかま　だいしゅうごう
みんならんで　いちにっさん

みかんかんかん　おひさまぽかん
いちにっさんで　おひさまぽかん

緑のふね

葉っぱの上に
ねころんで
川をゆっくりながれていこう

岸から手を出す枝たちが
いいないいなと　ゆれている
ケケロケケロと　かえるもさわぐ

手をふる間もなく　ふねはゆく
五月の風が
ついてくる

つぼみ

さっきまで
おひさまと
ないしょばなし

つぼみ　つぼみ
いつさくの

やわらかい
ほっぺたを
ふくらませて
つぼみ　つぼみ
うたってるの

菜園で

一本立ちの
りっぱなトマトのかげに
こざっぱりした草が
すずんでいる

なまえも　名のらず
実もつけず
細い葉を
すきかってにゆらして

梅雨あけの夕方
トマトといっしょに
土のエキスを
味わっている

あり

今日は　雨がふったから
一日　泥はこびを　する
一日中　歩いても
泥はこびは　終わらない
ちいさな砂つぶを枕に
お日さまの夢をみて
ねむる

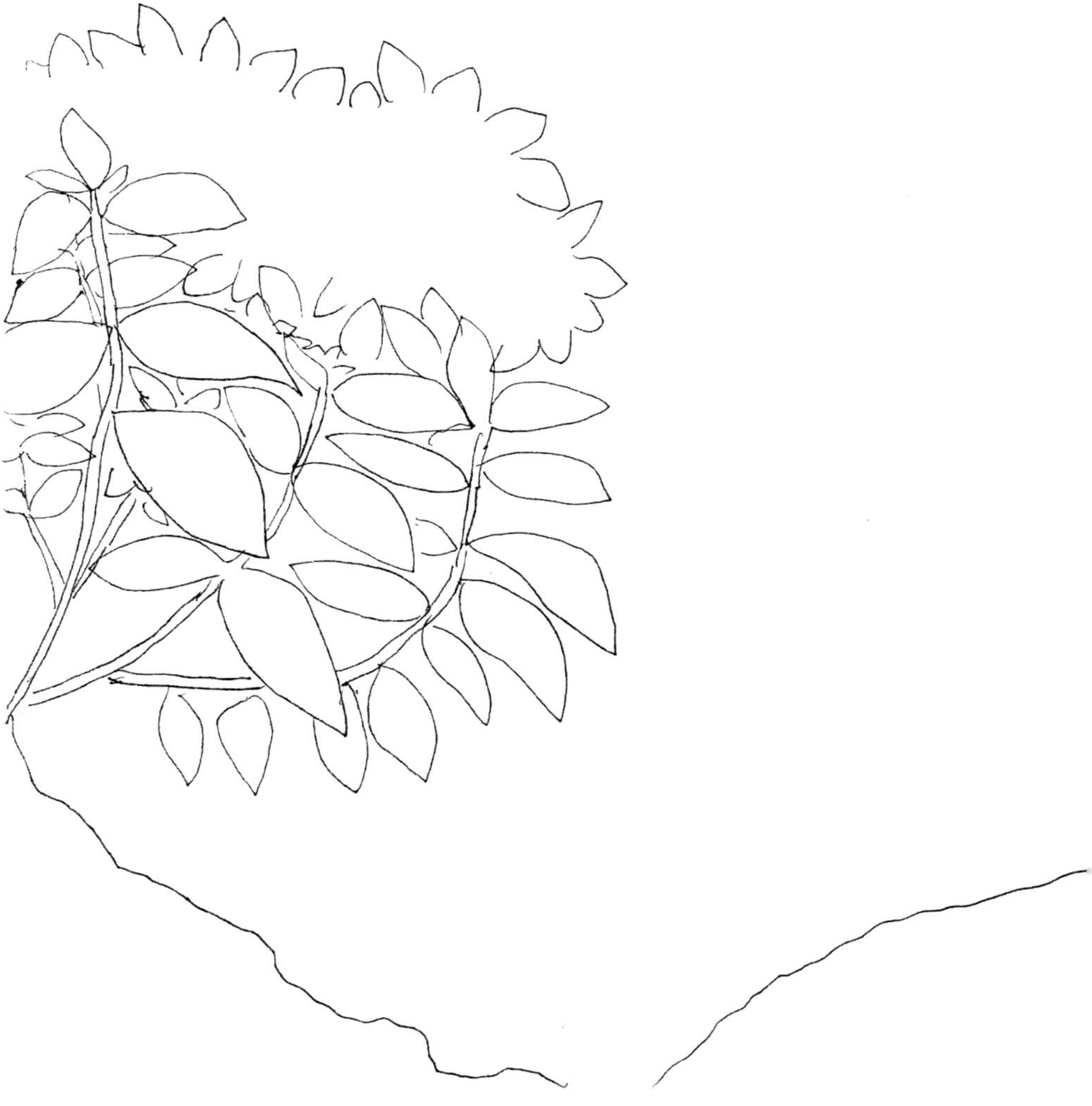

せみのぬけがら

いのちがうごいて
からっぽになった
うれしくてうつくしい　かたち

いもむしのしあわせ

もしゃ　もしゃ　もしゃり
ぷに　ぷに　ぷに
いきてるかぎり　たべつづける

さなぎのしあわせ

おどろくほどせまいところに
とじこめられているのに
こわいくらい　わくわくしてます

ちょうのしあわせ

むかしのことが
どうしても　おもいだせないけれど
わたしは　そらをとべます

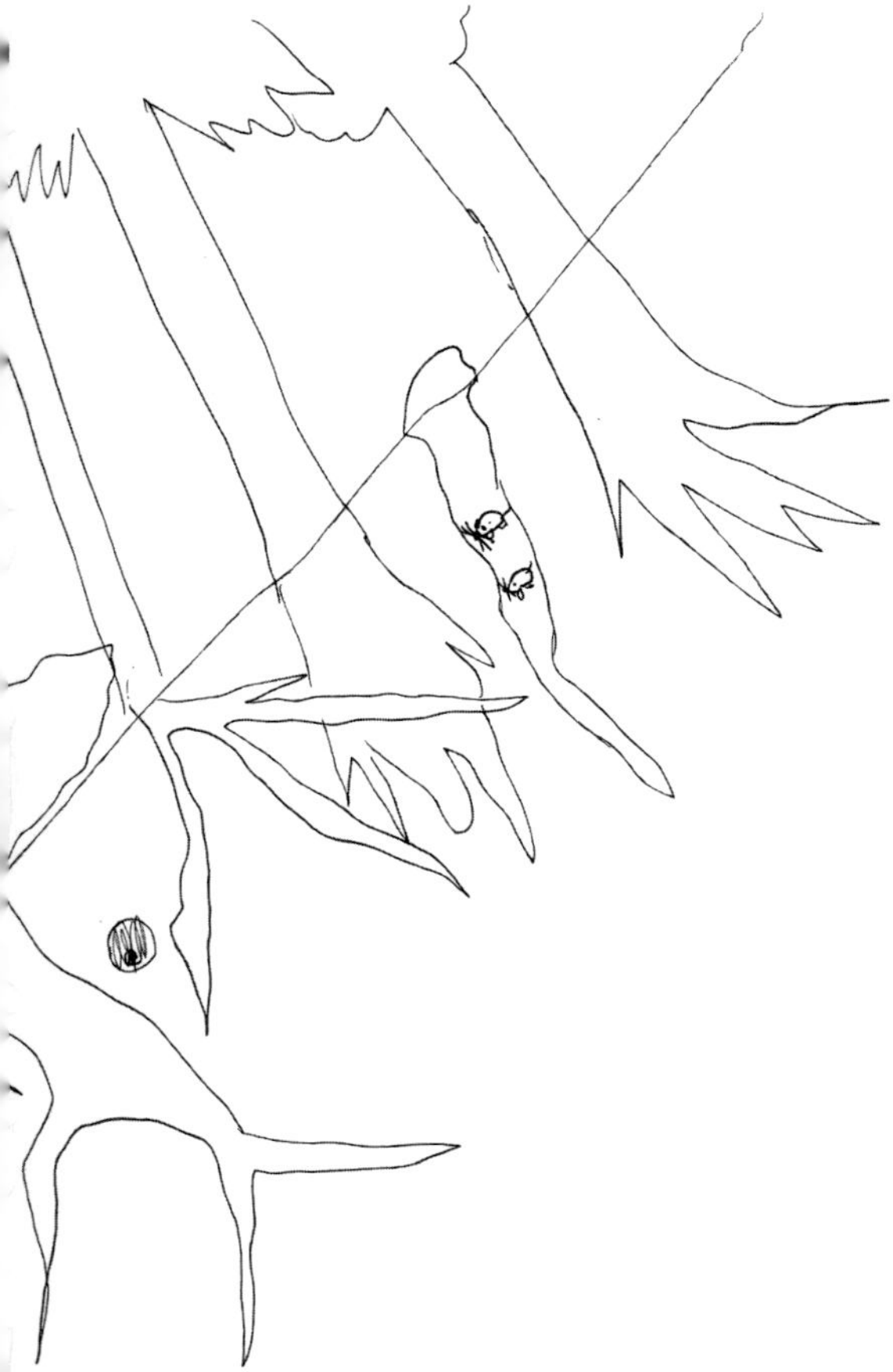

せみが

せみが　きぜつしている
と　ともだちがいうので
おそるおそる
手のひらにのせると
めを　あけていた

かまきりが
ぎらつく日差しを
大カマで　きりさいている
夏の　午後

くるみボタン

くるみボタン　まあるいな
リスがみたなら　たべちゃうような
クルミのボタンじゃ　ないんだよ

くるみボタン　かわいいな
ボタンがおしゃれな　ようふくきてね
ぴょこぴょこ　ゆれているんだよ

くるみボタン　うれしいな
ママがつくった　てづくりボタン
やっぱりリスにも　みせたいな

寒い朝

風が　とまる
土が　凍る
しもやけの足　あつくなる

おお　しもばしら
スクリ　スクリ
そっとふむ
ザクリ　ザクリ
ぎゅっとふむ
ザクザクリ

しもばしら　みつけた
冷たいくうきを　のみこんだ
しもばしら　ふんずけた
冷たいくうきを　はきだした

クロッカス

春が近づくと
クロッカスたちは
バンザイをしながら
土から　出てくる

おひさまに　よばれたの
おひさまに　よばれたの

そして　手品みたいに
おひさまのかけらをとりだして
春の日に
黄色い花を　さかせる

雑草にも

わたしは　メヒシバ
たぶんもうすぐ　ひっこぬかれる
雑草だからね

となりにはえてる小さな草は
じぶんの名前　知らないの
だから　シバコ　ってよんでる
すごくてきとうで　ごめん

チューリップがアネモネが
花だんの中で　ゆっくりゆれる
わたしたちも　そっと　ゆれる
おひさま　雨　風　土のにおい

もうすぐぬかれる
わたしは　メヒシバ
雑草にも　名前がある

山の電車

すこんかたんことん
すこんかたんことん
山に向かって電車は走る
だだんどどんががん
だだんどどんががん
鉄橋をわたる　車体をゆする
かたんことんがたんごとん
かたんことんがたんごとん
杉もけやきも手をふってるのに
駅に向かってあわてて走る

ぐがーごごごご
トンネルぬけて
がっとん　ごったん
うううーぎゅるるう
速度をゆるめてつぶやいて
うううーむむむう
うめいて止まった　山の電車

さがす

花がさいて　ただようことば
雨がふって　ゆらめくことば
土をさぐって　空をにらんで
さがしてみる

うそをついて　かくしたことば
心がしおれて　なくしたことば
あきらめて　あきらめきれずに
さがしている

できたての　おにぎりのように
おいしくてあたたかいことば
つみたてのいちごのように
つやつやのことばを
さがしつづける

おひさまのぼって　朝がきて
また　一日が　はじまって

もんしろちょう

たかく　とおく
そらのかなたから
ちいさなメモのきれはしか
うすむらさきのはなびらに
ほとりとおちてうごかない

ひらいてみたくて
てをのばしたら
ゆらりゆらりとまいあがり
そらのむこうにとんでった

なにがかかれてあったやら
しろいよはくがあったやら
よめないもじがあったやら
てのとどかないそらとおく
ひらりひらりととんでった

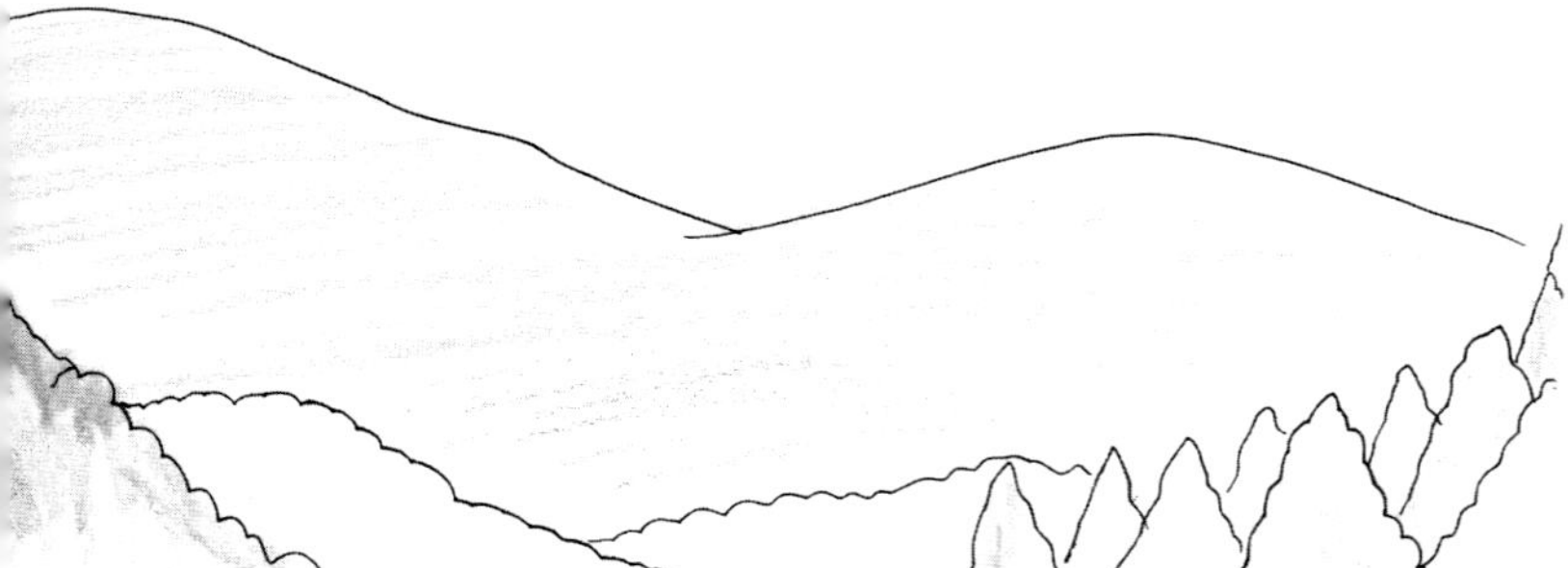

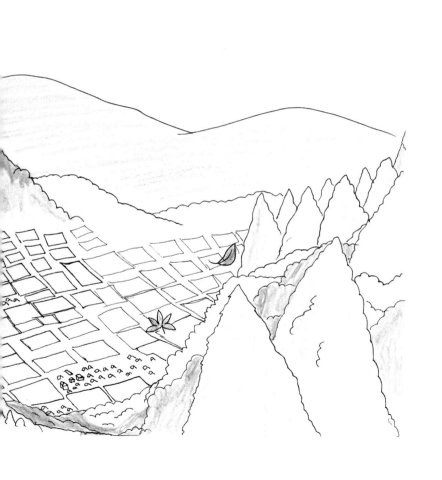

Ⅱ

恋する

恋するこころ　ころん
バッグに　いれて
かたに　さげていく
ぶらん　ぶらん
ゆらして　いくの

風と　ふたりだけで
のみちを　あるく
ひとりじゃないって
こつん　こつん
いしころ　けって

まるい雲が　ひとつ
わたしを　みてる
ながれて　きえてく
ぽあん　ぽあん
あかねの　そらに

十二時の詩《うた》

十一回出合っても
ただすれちがうだけ　何もはなせない
あなたは　まわり続けてる

時が続くかぎり　あなたと私はまわる
私が一周するあいだに　あなたは十二周
小さなドキドキが　時を刻んでいく

もうすぐ十二時
あなたと重なる　十二時
鐘が十二回鳴るあいだに　何をはなそうか

もうすぐ十二時
小さなドキドキ　あなたに届くかな
小さなささやき　だれにもおしえない

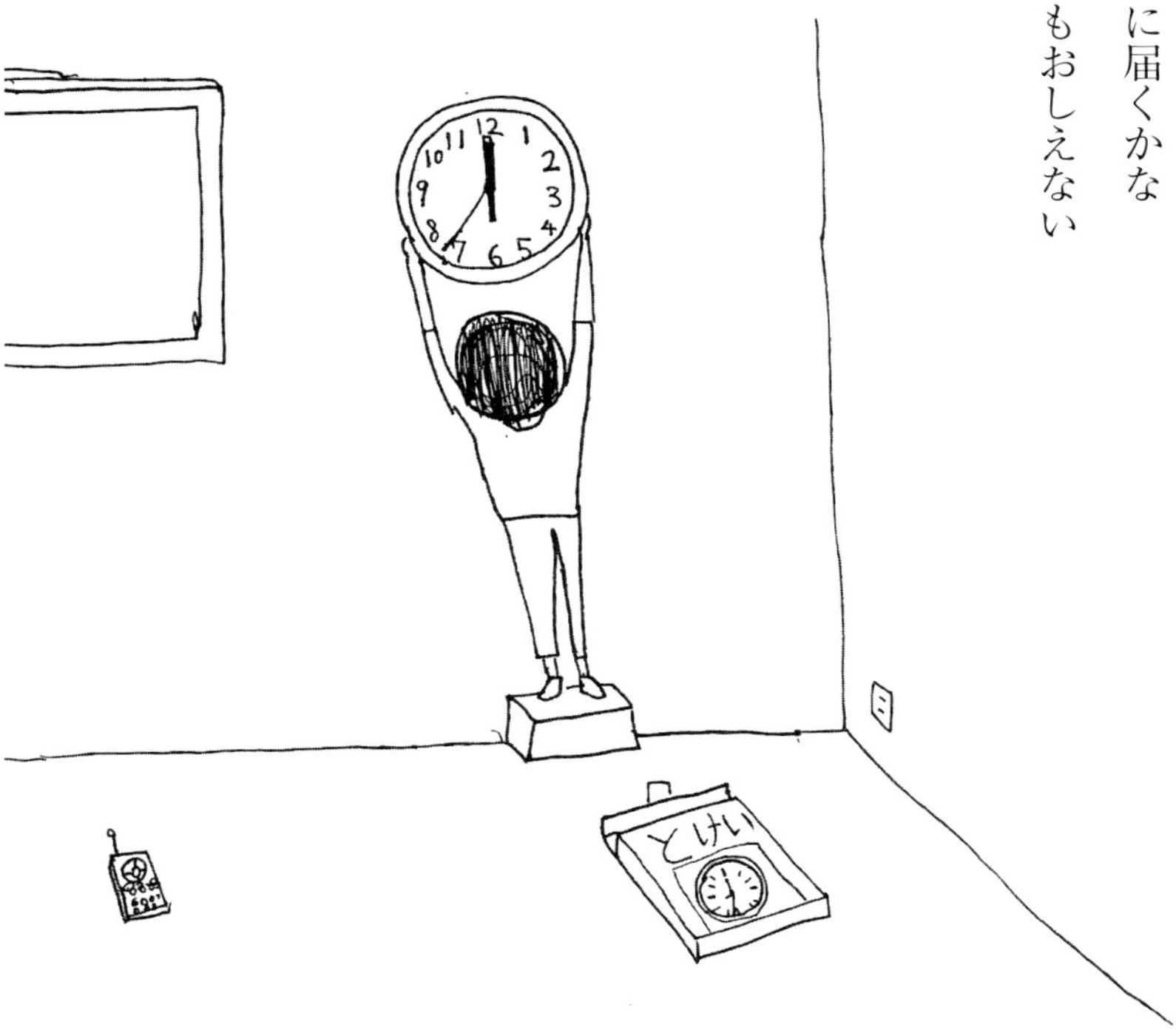

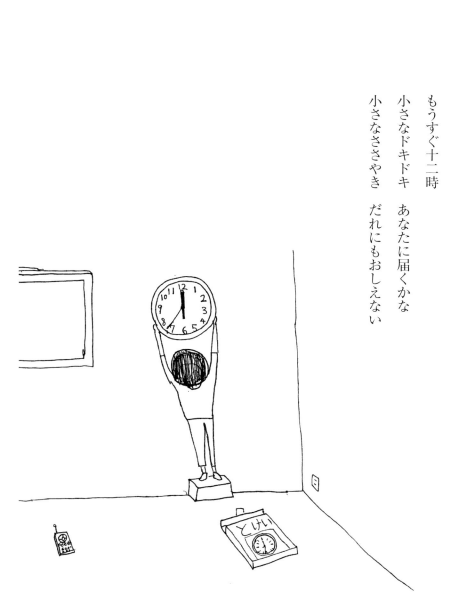

ナキタクナル

スグニ　アコガレル
アコガレガ　ムネヲコガス
ツクヅク　ナサケナイ
ホトホト　テガヤケル
ウスウス　キヅイテタ
ヒトリヨガリノ　コイゴゴロ

マタ
ナキタクナル

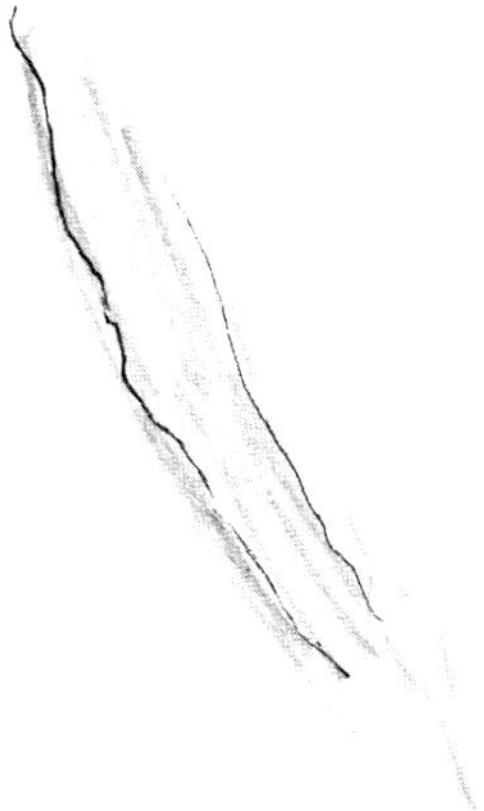

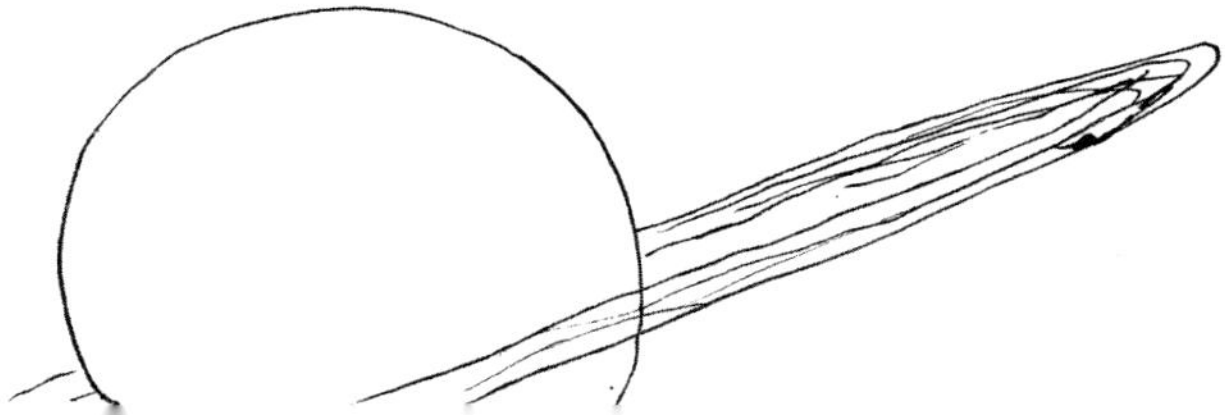

かめかめ　おかめ

おかめは　こうらが一つほしい
かめみたいに　くびひっこめて
こっそりかくれるこうらがほしい
おかめは　ときどきかなしくなるの
かめかめ　おかめ

おかめは　たくさんゆめをみる
かめみたいに　くびひっこめて
だれにもいえない　ゆめをみる
かめになりたいわけじゃないけど
かめかめ　おかめ
おかめは　こうらが一つほしい

花火

土手にすわって　みる
川べりであがる花火
ぴゅうう　るるるる　どんっ
ぴゅうう　るるるる　どんっ
ぱら　ぱら　ぱら
なんども　なんども
胸に　ひびく　ひびく

目をとじて　みる
川べりであがる花火
　ひゅるるるるる　どんっ
どんっ　どんっ　どんっ
　ぱら　ぱら　ぱら
あいたくて　あえないひとは
まぶたにあがる　花火

よるの底

今日も一日　へらへらと
笑ったり笑われたり
すこしつかれて　ねむれない夜
目をあけたまま　ふとんにもぐる
目をあけたままだから
よるの底が　よく見える
ごまかしたことばが　ぷわぷわと　ただよい
いいたかったことばが

よるの底に　しずんでいる
一つ一つひろって　ためいきであたためる
うら返し　ひっくり返してあたためる
たぶん　明日もまた　同じ自分
だけど　とりあえず笑ってみる
あたためたことばを
ひとつ　ポケットにしまって

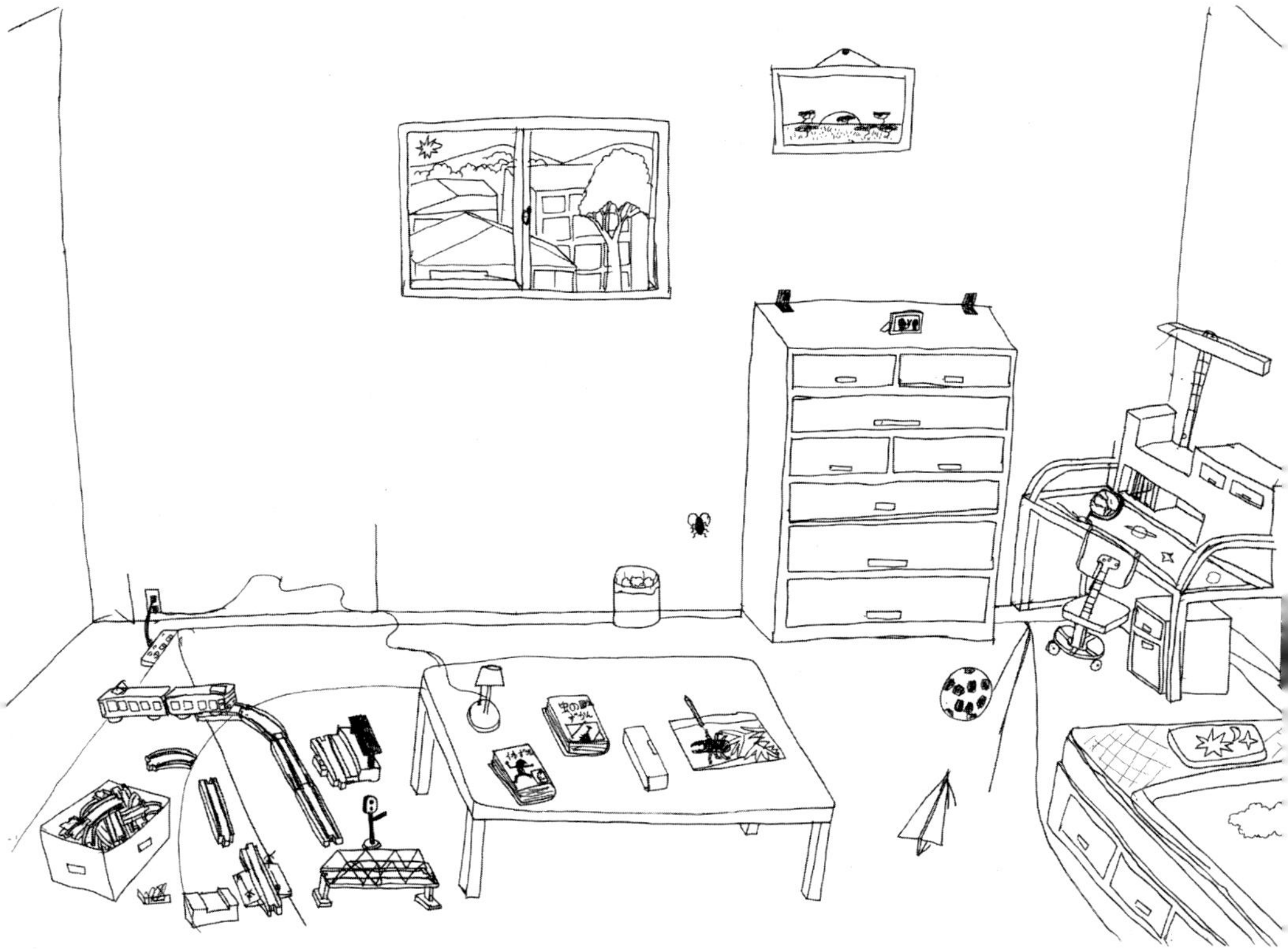
虫の
ずかん

わたし

失恋して　うずくまる
ごろりところがる
じゃがいも　ひとつ

たまご

かたい　カラの中に
とろり　なまたまご
だれもしらない　こころ

おふろばで

ひとりになって
こころもはだかになって
なみだはお湯になって　ながれる

あくしゅ

手は　こころのいちぶ　なので
あなたの手の　あたたかさにあえると
さようならも　すこしうれしい

ありがとう

なんど　むねにわき
なんど　こえにだしても
つたえきれないもどかしさ

また　ありがとう

手をにぎってみよう
おもいをこめて　なにもいわず
つたわるかもしれない

きもちの呼び名

この　もやもやとしたかたまりが　ボンノウ
この　つめたくかたいかたまりが　ゼツボウ

わけのわからないきもちに
ちゃんと　呼び名がついている
だから　どう　ってこともないけど
もしかすると　いや　きっと
苦しいのは僕だけじゃない　と思える

未知のクルシミにも　呼び名があるのか
このクルシミの向こう側にある
未知のきもちにも　呼び名があるのか
もう　お見通しみたいに

夜がきた

やあ
と　声をかけて　夜がやってきた
もうねるよ　といっても
どかりととなりにすわる
おもいだせよ　と肩をたたいてくる
わたしはまた　ねむれない
ふるるるう　ふるる

ふう
と　声をもらして　夜がやってきた
どうしたの　ときいても
なんにもはなさない
夜は　くらやみと　光を両手にもっている
今日ももう少し　おきていよう
ふるるう　ふるる

また夜がやってきた
ふるるう　ふるる
今夜は肩をならべて
ぼんやりにじんだ　月をみよう
ふるるう　ふるる

こころ

そっととりだして
そっとてのひらにのせて
すきとおったみずうみにうかべる

想い
こころからこぼれおちて
しずかにしずんでいく
ふかいふかいみずうみの底に

願い

想いからしみだして
ひかりいろがみちてゆく
あさひをあびたみずうみのいろ

こころ
からっぽになって
ただようばかりだとしても
みずうみはちんもくのゆりかご

ゆら　ゆらら
ゆら　ゆらら
ねむれ　いまただやすらかに
ねむれ　いまただやすらかに

じぶんでじぶんを

いつもじぶんでじぶんをほめていると
あんまりどりょくをしないくせがつき
そのうちほめるところもなくなるから
それはそれでさみしいもんだとおもい
たまにじぶんでおどろくほどがんばり
たまたまひとからほめられたときには
ぶたもおだてりゃきにのぼるのたとえ
バババンとうちあがったはなびをみて
きからおちそうになってわれにかえる
よぞらにはほしがいつもどおりひかる

川上裕己H27.7.3

Ⅲ

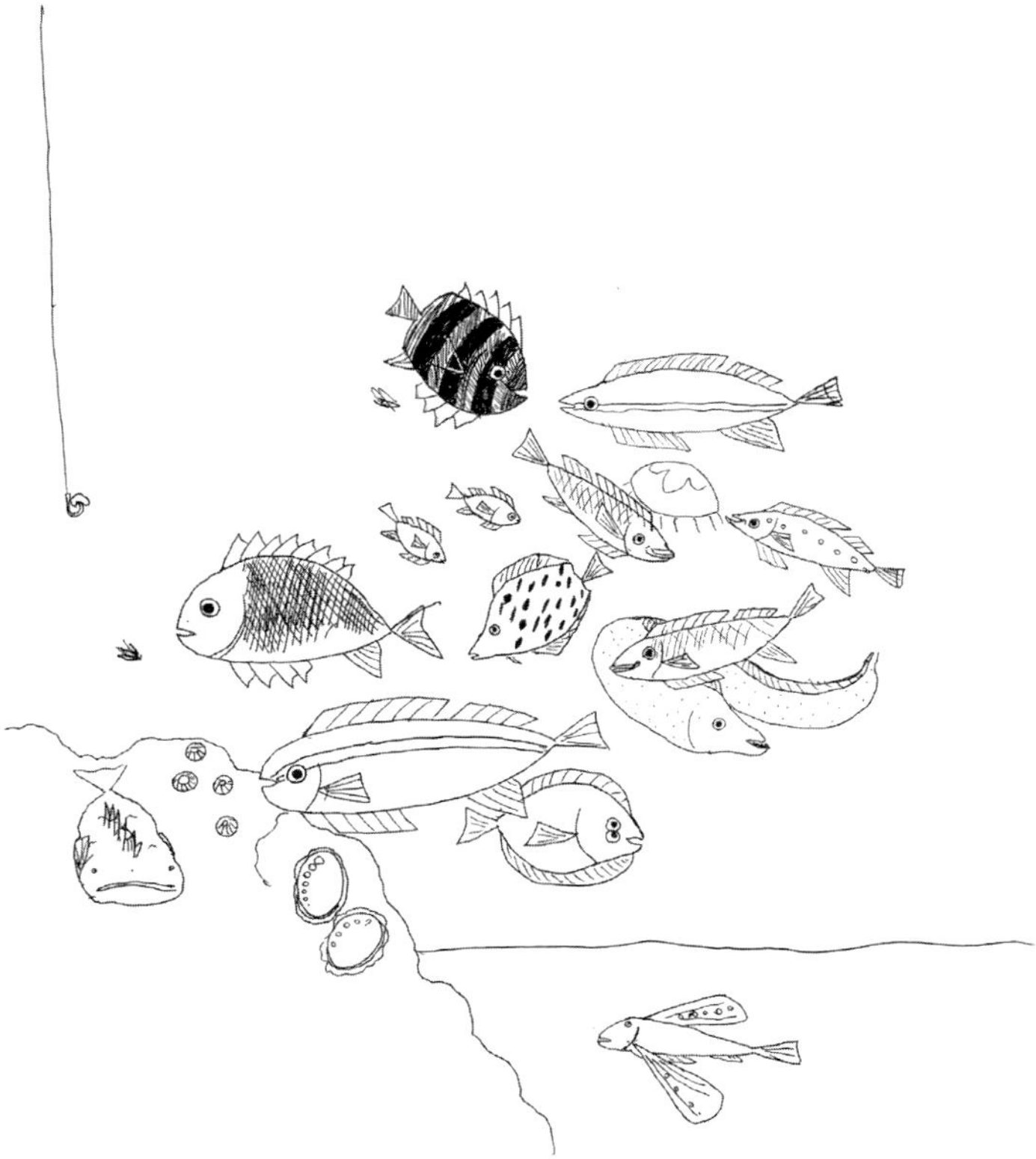

ペンを持つと　ボクね

ひゅわひゅわひゅわ　雲の上までのぼって
山のてっぺんのすがたを描く
しゅるしゅるしゅる　少しおりてきて
木のてっぺんの鳥の巣をのぞく
ペンを持つと　ボクね
セナカに　ツバサが生えるよ

風にのっかって　町をみおろしながら
ボクは　前にきっと
行ったことがある町の
小さな屋根をくるくる描くよ
ペンを持つと　ボクね
セナカに　ツバサが生えるよ

ボクは　きっと　鳥だった
いま　ペンがツバサになって
ボクは　空を　とぶ

川上裕己くんのペン画によせて

さかなになる日

水の中でいきをする
水の中で目をあける
手も足もないけど
スイスーイ　およいでる

水の中で食べている
水の中でねむってる
まぶたもとじないで
スイスーイ　いきている

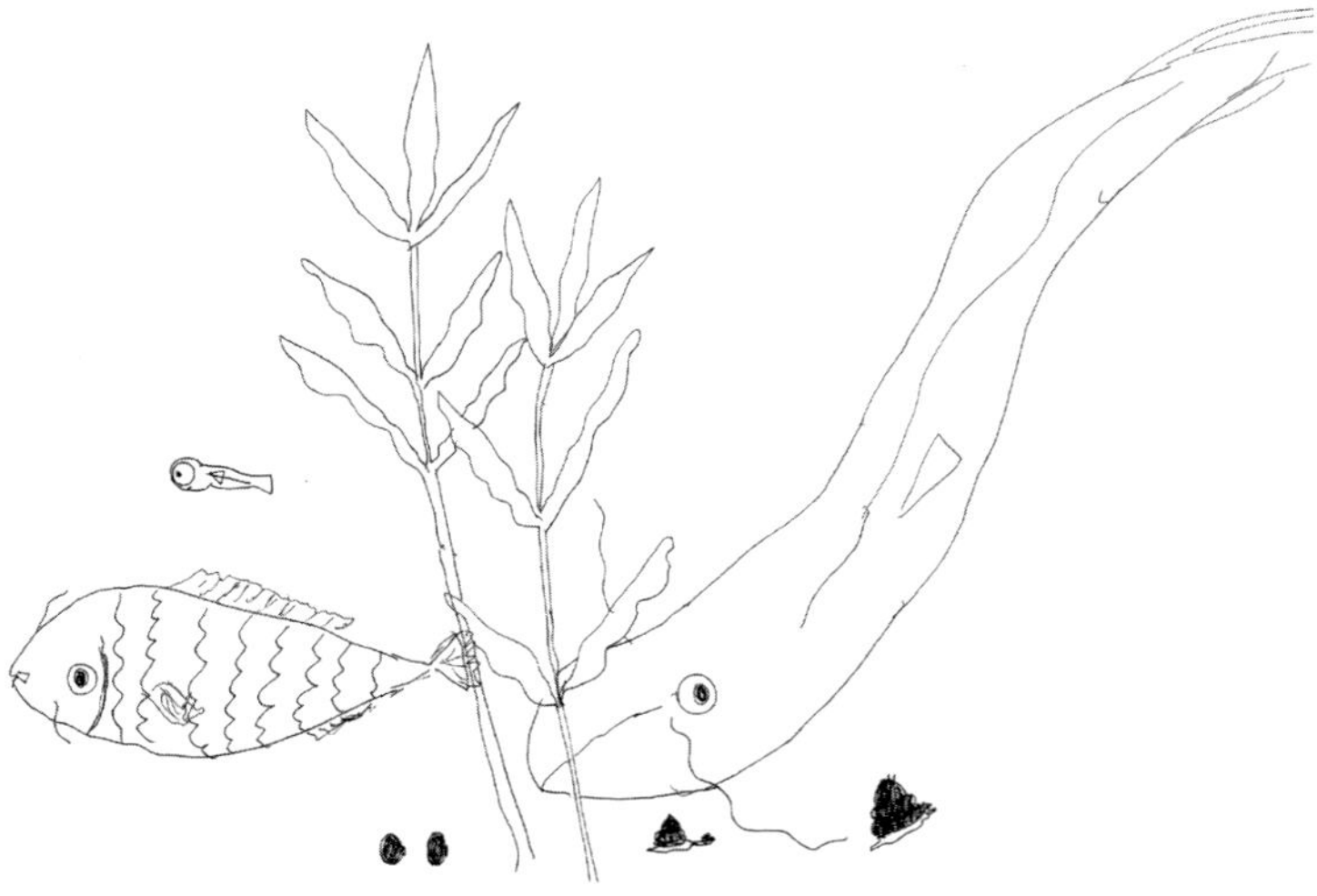

さかなのともだち　よってきた
海の底まで　いってきた
アワをプクプク　ヒレをプルプル
海の底まで　いってきた

水の中でびっくり
水の中でしゃっくり
笑いたくなっても
スイスーイ　すましてる

川上裕己くんのペン画によせて

ずる休み

ずるなんかじゃないよ
休みは休みさ
つかれて　ねむくて
やる気も　なくって
どういうわけか　動けない

ずる休みは
自分が自分でいるための
とびきりやさしい　お休みさ
おひさまが
きのうと同じに　照らしてる

ずるなんかじゃないよ
休みは休みさ
深　呼　吸
すって　はいて　またすって
あしたはちゃんと元気になるさ

カラ元気音頭

それそれ　それって　カラ元気
カラランカラカラ　カラ元気
あたまからっぽ　カラ元気
カンラカラカラ　カラ元気

とにかくわらって　カラ元気
おおっとびっくり　カラ元気
うそのスキップ　カラ元気
なんかヘンだよ　カラ元気

それそれ　それって　カラ元気
おかしポリポリ　カラ元気
だじゃれクスクス　カラ元気
キミといっしょに　カラ元気

なきむし

あるところに
なきむし　という
むしが　いたとさ
すぐになくし
いつまでもなきやまないから
みんなに　きらわれたとさ
なぜきらわれるのかわからなくて
なきむしは　はっぱのうえで
また　ないたとさ

とまらないなみだが
どこからながれでるのか
なきむしは
かんがえながら　ないたとさ
かんがえながら
いつのまにか
いつのまにか
なきむしは　ねむったとさ
こぼれおちた　なみだのつぶは
ちいさなしろいはなびらにたまって
はなびらは
みずいろにそまったとさ

インコのキーコ

ひとりぼっちの一日がおわって
ひとりぼっちで家にかえる
玄関をあけたら　キーコがないた
　ピーイ　ピーイ
わたしをよんでいるんだね
そうだキーコもひとりぼっち
羽根にくるんだ　ちいさなこころ
　ピーイ　ピーイ
ちいさなからだのいったいどこに
さえずり声をしまっているの

わたしの心も　とおりぬけ
ずっと空まで　とどいているよ
ピーイ　ピーイ
わたしも　もすこし大きな声で
ここにいるよと　さえずりたい
あしたは　きょうより
大きな声で

ゼツボウ

どしゃぶりだったから
ながぐつででかけたのに
ながぐつに水がはいって
ジャボ　ジャボ　ジャボウ
ゼツボウ　ゼツボウって
音がなる

もともと心がグショグショで
ずぶぬれかくごでとび出して
水たまりふんで　やけっぱち
ジャボ　ジャボ　ジャボウ
ゼツボウ　ゼツボウ
ジャボ　ジャボ　ジャボウ
ゼツボウ　キボウ

あれれ
ゼツボウとやけっぱちが手をつなぐと
少し元気になる

さんさんさんぽ

さんぽ　さんぽ　さんぽしよう
外はとってもいい天気
さんさんさん　さんぽしよう

さんぽ　さんぽ　さんぽしよう
心がなんだかおもい日も
いちにのさん　さんぽしよう

さんぽ　さんぽ　さんぽしよう
泣きたくなるよなつらい日も
さんしのごー！　さんぽしよう

ほらね　お日さまが今日も
あのね　花たちがいつも
いまね　そよかぜが曲がり角で
るるる　君のこと待ってるよ

さんぽ　さんぽ　さんぽしよう
いちにのさん　さんしのごー！
さんさんさん　さんぽしよう

ススキの野原

ススキの野原で　うたいたい
風が波をおこし　光り輝いて
銀色の海原が　うたをうたっている
わたしも一緒にうたいたい

ススキの野原で　吹きとばされた
風が　ススキが　うなりをあげて

わたしのまわりでうずまいて
声もことばも　吹きとばされた

それでも　うたをうたいたい
ススキの野原で　うたいたい
銀の光りがうずまく中で
わたしも一緒にうたいたい

たからもの

ただいま　って
さくらの花びら
いちまい　あたまに　のせたまま
がっこうから　かえってきた
　おみやげだよ　おかあさん
みじかいことばも　たからもの

ただいま　って
どろんこつけて
げんきのしるしを　ほっぺにつけて
こうえんから　かえってきた
　おなかすいた　おかあさん
いつものことばも　たからもの

車いすがゆく

どこにもぶつからずに
うまくすりぬけるのは
きもちがよくっていいな
まっすぐの道は　やっぱりいいな

すこしまがりくねっていても
ぼくはだいじょうぶ
なれたそうじゅうで
くねくね道も　まがりくねるよ

下り坂はちょっとこわい
上り坂はちょっとしんどい
そうじゅうできない道もある
でも　助けてくれるともだちがいる

車いすで坂道をはしる
車いすででこぼこ道をはしる
車いすといっしょに
ぼくは　ゆく

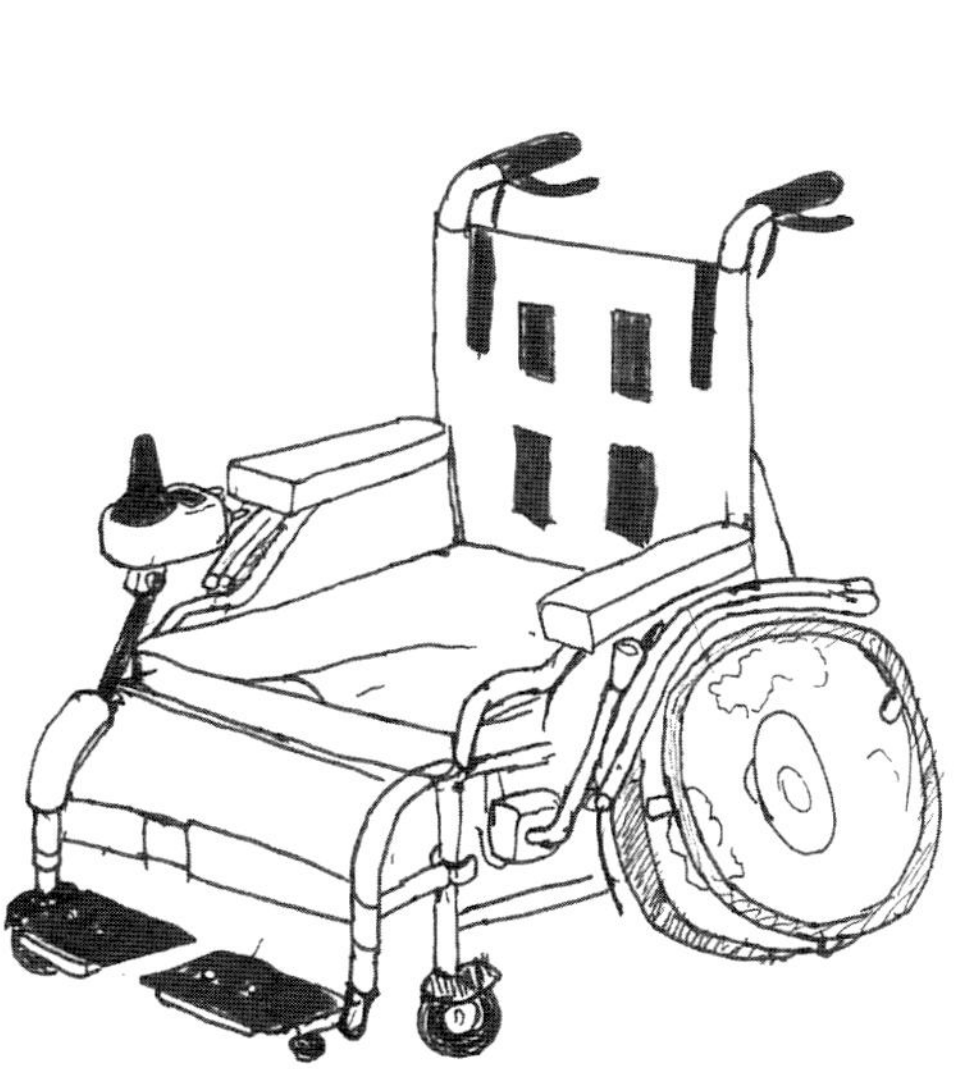

だいすきなうた

うたうよ　せすじのばして
うたうよ　おおきなこえで
うたうよ　いきをすいこみ
うたうよ　だいすきなうた

うたおう　こえをあわせて
うたおう　リズムにのろう
うたおう　ラララルラララ
うたおう　ともだちのうた

うたごえ　こころのおくに
うたごえ　ふくらみあふれ
うたごえ　ひびけとおくに
うたごえ　とんでけそらに

H25.8.26
川上ゆうき

ふじさん
500m

空想の絵と裕己

川上義之・麻衣

裕己は、小さいころから空想の絵を描くことが大好きで、特に自然の海や山、木や生き物などの絵を好んで描いています。上の絵は、もう行くことが難しくなった大好きな温泉に家族で一緒に入っている空想の絵です。

性格はとても明るく、恥ずかしがりやですが、話しだすとおしゃべりになって、私たちや周りの人をいつも和ませてくれます。最近の楽しみは、テレビゲームをしたり、お笑いのテレビを見てよく笑っています。

1歳7か月の時、高熱が続いたことから宝塚市の病院へ入院し、そこでの血液検査で異常が見つかりました。

しかし、直ぐには原因が判らず、３つ目に紹介された大阪大学医学部付属病院で初めて、難病の進行性筋ジストロフィーであることが告げられました。

私たちにとって、それは言葉に表せないほどの大きなショックでしたが、裕己本人は、その後も元気で明るく成長していきました。

保育所では、良い先生方や多くのお友だちに恵まれ、早く走ったりはできませんでしたが、その頃はまだ身体がよく動いていたので、マイペースですが、一生懸命お友だちと一緒に遊びながら、のびのびと育ちました。

小学校に入学してからも病気は進行し、どんどん身体がいうことをきかなくなってきて、4年生になる頃には車椅子の生活となりました。6年生になった今では、他の子どもたちと同じようにできることが少なくなりましたが、それでも本人はそれまでと変わることなく、明るく元気に過ごしています。先生方、クラスのお友だち、周りの方々にも温かく接していただき、たくさんの思い出もできて、とても感謝しております。

そして、早くから裕己の絵を評価し、今回、本の挿絵という素晴らしい機会を与えてくださった柿本先生、いつも裕己のことを温かく見守ってくださり、本当に心から感謝しております。

裕ちゃん、裕ちゃんの絵が本になって、本当に良かったね。これからも楽しい絵をたくさん描いてね。

あとがき

私にとっては二冊目の詩集、『ペンを持つと　ボクね』がついにできあがりました。この詩集は、詩はもちろんですが、川上裕己くんの絵も見ていただきたくて作ったものです。

二〇一〇年四月に、箕面市の小学校で介助員の仕事に就き、新一年生の川上裕己くんに出会いました。絵を描くことが好きという共通の楽しみとゆかいなおしゃべりで気が合って、すぐに仲よくなりました。毎日ペンを持って絵を描き続ける裕ちゃん、小さな指先から生まれる世界に、何度も感動しました。すごいなあ！　きれいだなあ…何も見ずに描いているとは思えない細かい線描画はひろがりにあふれ、ユーモアもいっぱいで！

それから五年間、仕事を辞めてからも裕ちゃんやご両親と絵を通じてつながり続け、昨年、裕ちゃんの絵を詩集の挿絵に使わせてもらおうと急に思い立ち、第二詩集をつくる夢を持つことができました。裕ちゃん、素敵な絵をありがとう！　山のようにあるスケッチブックから選んだ作品はほんのちょっぴりで、大きな絵も本の中では小さくなってごめんね、でもどの絵もみんな素晴らしい世界です。小学校を卒業してもずっとずっと描き続けてくださいね。

新しく詩を書く場を与えてくださった、〈童謡と詩「こすもす」〉主宰の畑中圭一先生、本当にありがとうございます。そして、いつもあたたかく見守ってくれる友だちや家族に心から感謝します。

詩集刊行に当たっては、故島田陽子先生につなげていただいた、〈まほろば21世紀創作歌曲の会〉で知り合えた竹林館の左子真由美さんに、大変お世話になりました。希望を次々にかなえていただき、大切な一冊になりました。

私の詩と、裕ちゃんの絵の「共演」を、たくさんの人に見ていただきたいと願っています。

二〇一六年二月　　　　　　柿本香苗

てんぐ祭
てんぐ祭

柿本　香苗（かきもと　かなえ）

1958年　金沢市生まれ
童謡と詩「こすもす」同人
関西詩人協会・まほろば21世紀創作歌曲の会 会員
箕面市登録NPO「人と本を紡ぐ会」会員
紙芝居「まつぼっくり」代表
既刊詩集『きんいろの夜』（2007年　編集工房ノア）

住所　〒563-0103 大阪府豊能郡豊能町東ときわ台4-11-2

川上　裕己（かわかみ　ゆうき）

2003年10月3日、大阪府豊中市生まれ。
1歳の時、宝塚市に転居。
2歳の時に筋ジストロフィーと診断される。
2歳から6歳まで宝塚市立逆瀬川保育所に通所。
6歳の時、箕面市に転居し、箕面市立西小学校入学。
4年生から車椅子生活になる。
現在6年生で在学中。

柿本香苗詩集　ペンを持つと　ボクね

2016年2月14日　第1刷発行
2016年4月14日　第2刷発行
著　者　柿本香苗
挿　画　川上裕己
発行人　左子真由美
発行所　㈱竹林館
〒530-0044　大阪市北区東天満2-9-4　千代田ビル東館7階FG
Tel　06-4801-6111　Fax　06-4801-6112
郵便振替　00980-9-44593
URL http://www.chikurinkan.co.jp
印刷・製本　㈱国際印刷出版研究所
〒551-0002　大阪市大正区三軒家東3-11-34

ISBN978-4-86000-328-9　C0092

32人